土居さと歌集

佐田の大岬

さだのおほさき

東京四季出版

佐田の大岬・目次

装幀　田中淑恵

歌集

佐田の大岬

さだのおほさき

彼岸椿

昭和六十三年〜平成四年

大洲古代文化の跡

時越えてひたすらに立つ高山《たかやま》の東洋一のこれか立石《メンヒル》

少名彦名の御陵あるとふ神南山に向きし立石武将のごとし

大洲野の巨石文化を見出でしは明治に訪ひし異国の学者

群と群交差し乍ら錐揉みに鶍《あとり》は空を渦なして舞ふ

戦争を共に越し来しかなしみの十年仕舞ふ古着を捨つる

大地震《なゐ》の報道しつつゆれてゐるテレビ画面のニュースキャスター

山茶花の紅にはなやぐつごもりの陽は温々と老姑《はは》を養ふ

足音に気付きたるらし真鴨らの水面蹴りつつ鳴く喉碧し

陽を反す湖に下りくる冬鳥の群平行に水尾を曳きゆく

日本武が熊襲武を撃つ絵馬か「愛媛」に生れし宝珠寺奥の院
（愛媛県の名の由来となる）

秀れたる頭脳と共に逝きましぬ法華津峠を訪ひくれし君
（荒川欽也吾妹同人）

八十路とは思へぬ若き御声にて伊予風土記逸文を教へ給ひき
（同右）

少年

「両親を知らぬ」と言ひし少年の瞳の奥に慟哭を見き

孤児院を出でて働く少年の金を奪はむと非行の子が寄る

非行少年の間を駆けてゆく少年集金の鞄をひた隠しつつ

佐田岬

荒磯に打ち上げられし黒布《くろめ》陽に乾くは臭ひ乾かぬはぬめる

釣り上げし魚三枚に切らるとも皿に跳ねたり音しじま打つ

軍人《もののふ》の夢の跡かや要塞となせし洞いくつ海に向ひて

蛍

植ゑ終へしばかりの水田夕闇のなかにゆるがぬ反射光保《も》つ

水の面に光映ゆまで舞ひ下り蛍はふいに霊とも消ゆる

闇こめし山を背に飛ぶ蛍火に水田匂ふ水無月の宵

地球人

テレビジョンのレンズになほも勢ひつつアラーの子等が戦闘歌唱ふ

胸打ちてアラーに忠誠誓ふ子等丸き瞳が愛らし過ぎる

イスラムの国と国との争ひをアラーの神が見物なさる

一人乗る普通自動車贅沢に一坪半の面積をとる

喘息の点滴に友の送迎にこれの愛車が喜々と慣れゆく

波紋

動くものの波紋ゆたかに光るのみ濁りし川も夜は清しく

不夜城の如く赤灯残りたる工事現場に人影を見ず

この夏に八年続く中東戦争終らむとして蟬しぐれ降る

高縄山

水軍を千年守りし高縄の山に見放くる瀬戸内の晴れ

空と海わかたぬあたり稜線に浮きしは〝呉〟か中国の山

味方守る千の手を持つ杉なるや高縄山の空を覆ひて

十三夜

斉明帝薨去のときもかくありしと暈をかぶりし月凶々《まがまが》し
（第三十七代百済を救援す）

十三夜を鏡に写し眺めます帝の御病今宵報じぬ
（昭和天皇）

癒え初めし験か我に小言いふ数増しきたる夫に安堵す

重信川口

いちどきに翔ちし冬鳥手裏剣のきらめき見せて水面移る

「国の為」とふ言葉を死語とならしめし昭和なれど消費税通過す

老いしともまだ若しとも言ひがたく石段昇り切る初詣

老姑と

何がなし声上げて老姑《はは》床《とこ》に坐し在さむ生命かなしますらし

入れ替り娘ら訪ひくるる明け暮れを笑顔に対ふそも疲るらし

最愛の友にありしが我が車キーホルダー抜き廃車と決めぬ

繁栄の祖国を知らぬ四十年里帰りの旧友《とも》は支那糖を提ぐ
（旧満州国鞍山高等女学校時代の友戦後引き上げ）

ナースにて国軍将校と結ばると君の噂も昔聞きしが
（旧満州国鞍山高等女学校時代の友戦後引き上げ）

大陸に流転重ねて四十年見殺しにせし姑君を言ふ
（同右）

日本武の死を悼む歌いま聞きて剣喪の儀のいよよ鎮もる
（テレビにて皇居内劔葬の儀を視る）

春吟行

父ありし日に変るなき荒岬のめぐりに動く紺碧の潮

村歌舞伎古き刺繡のほつれ糸褪せたるを吊るす民芸館に

（卯之町にて）

父母の代《よ》に馴れ使ひたる家具見れば民芸館はあな身近なり

折々の風にふくらむ鯉のぼりあまたつらねてダム渡したり

雨上る出合ひの川の洲にけむる緑の菜草黄花つけ初む
（重信川）

山道を迷ひ迷ひて遂に来し千疋峠の桜満開

里人に道尋ぬるにたれ一人教へ得るなし千疋峠

南朝を守り戦ひせし人を鎮めて清し桜も歌碑も

洲本にて

初めて来し洲本港にて迷ふなし立ちて迎ふる中野順子ゐて

円椎形の先山《せんざん》の山頂に塔らしき見え居り先師をしのぶよすがに

病みあがりの顔仰向けて真直ぐに目を合はせます渚たへ子は

（淡路の吾妹同人を訪ふ）

整理よきノート四冊にずっしりとたへ子の短歌の人生たどる

（同右）

金山出石寺

宿坊の切り崖に建つは出石寺見上げつつ行く紫陽花の道

六十路越す我と姉との来し方をかにかくに謝す父母に仏に

鹿追ひの猟師が山の地震《なゐ》に遇ひ金銅秘仏地より給はる
（出石寺）

銅像の弘法大師の御草鞋にやっと手触れぬ姉と二人旅

かの浜辺我等幼きに遊びしと宇和海に浮く大島を眺る

海神の髪

海神の髪か黒海布《くろめ》の群生の底ひにゆるる旧要塞の海

（佐田岬）

草刈りの童の鎌に仏彫り疫を払ひし弘法大師

夕暮れを一茶も越えし腰折《こしをれ》山草路に瀬戸の落日映ゆる

夜・今出の港にて

木材を積み来て泊つる外国船荷揚げのあとの灯りのまばら

夜釣人は車の影にうづくまり竿先を海のしじまに垂らす

波の間を光りまぶしき集魚灯沖に網敷く船までの距離

生保ちて姑

過ぎ去りはこと挙げせざる明け暮れとなりて温食老姑《はは》に料《はか》るも

九十童の姑はひたすら食事待つ朝餉か昼餉か時に問ひつつ

解明の待たるる巨大星を写しつつボイジャーはいま無限の宇宙へ
（軌道をはずれ宇宙へ向ふ）

駱駝らは固き表皮に熱暑受け貴婦人のごと面上げにけり

我が周囲

癌を病む義弟の少し太りをり白きベッドに一人眠りて

最後まで希望は捨てじ奇蹟あるを我ら信ずと妹をはげます

踊る

伊予万歳豊年踊りの急テンポいやが上にも目出度き踊り

鞍山《あんざん》の駅は昔のままに在り我が学舎も変らずに建つ
（満州地方のビデオ）

快よく笑顔に友ら迎えられ旧鞍山高女の部屋にをさまる
（同右）

島国の狭さにいまだ満たされぬ旧友《とも》ら旧満州のビデオに集ふ

新しき年

世の汚濁見下ろす峠の師碑めぐる大気は澄みて先師顕たしむ
（宇和市法華津峠生田蝶介第八歌碑）

穏しかる海を見放くる峠の先師びるしゃなを呼び天《そら》と語るや

待ちに待ちし男子誕生岡田家も継がれゆかむと娘を褒むる
（岡田姓となる娘二子目を出産）

弟を大事になさいとまだ言葉わからぬ程の幼に言ひ聞かす

舌もまだ回り兼ぬるをどうぞとて祖母に持ちくるつけ髪をかし

横浜にて

今日は晴れ天日に水も温もると夫の電話に横浜は雪

乳足らぬせゐにか夜の寝の浅き孫を交々抱きて明けたり

冷蔵庫を開くる力の付きし孫がしきり持ち出すジュース飲物

ふる里

羽田より乗り込みし人等そこはかと故郷《くに》の訛りになりて機の中

乳呑子を湯に浸しつついつの日か我を越えゆく生命と思ふ

褐色になりたる後も蟷螂のひたすらな生命壁にとどまる

通有《みちあり》の傷を癒せし杳き日の湯築城址に陽射しあまねし
（河野氏の居城）

旧友赤松宜子様の夫君

短歌《うた》作り夫君がすすめ給ひしと聞くからにわが涙ぐましも

二十重なす花輪に埋まる門前に宜子様かも毅然とおはす

（旧友赤松宜子様の夫君を悼む）

ことづても大らかに受け泰然と社長の器に常におはしき

（同右）

大会準備・平成二年

目鼻つきたると言ふにもあらず吾妹松山大会のその日近づく

大仕事に慣れぬ主婦《ひと》ばかりの松山支社一生懸命の覚悟あるのみ

松山大会に寄せて

松山を訪はす歌友を手作りの吾妹《わぎもき》旗持ちて迎へ参らす

半年の成果を此処に晴れの日の扇が揃ふ伊予万歳に

（会員の踊り）

三百年伝へ来たりし伊予万歳今出の豊年踊りこれなり
（今出歌友の豊年踊り）

幕下ろす吾妹エールの声の張り遠き東京の空へもひびけ

手作りの旗手作りの横断幕手作り看板手作りの会

全国大会法華津峠

霧巻ける峠辿れば忽然と師碑建つ草地の明るみに出づ

蝶介師が元気に坂を下りましきと歌碑建つ頃の思ひ出をきく

友也師の声つまらせて話さるる深き思ひをしんとして聞く

亡父の顕ちつつ

「我越えて飛躍しゆけ」と言ひ遺す亡父の顕ちつつ古家をこぼつ

亡き父の労苦に建ちし家毀つ空地に井戸を一ヶ所残し

まだ動く蟬を曳きゆく蟻の列坂の上なる地蔵へつづく

組立ての我が家高々と吊られ来て礎の上に据ゑられてゆく

己が病ひを笑顔に説明する夫を見舞ひの子等は虔《つつ》しみ囲む

見舞客帰れば笑顔納めたる夫横になり言葉少なし

夫への挽歌

眠られぬ夜々の続けば病床の夫と熱ある手を握り合ふ

ＩＣの部屋に一際身にひびく声太き夫とうれしかりしが

夫の死

すべもなくいまはの夫の力なき体のふるへ抱きとめつつ

ほの紅く炎立つ遺骨青磁の器に一杯にして胸にし抱く

三人子《みたり》と墓戻りつつ天よりを見守る夫の霊に会ひ居り

挽歌

新築の家の床の間に祭壇をもうけて亡夫の居場所となしぬ

夫と住む家と建てしが老姑を引き取り看取る新居となりぬ

突然に夫逝きしゆゑあとさきも無き吾が姿《かげ》か独りくやしむ

大き穴あきたる夫の席に向きわが独白も習ひとなりぬ

一つ新居に

夫の逝きし病院の前を仕方なく行かねばならぬ惨酷なりき

新築の家に似合はぬ祭壇を花に飾りてみんまゝ迎ふる

急坂を転がる如く逝きし夫九月末までの日記誌して

現世と見えぬあの世の境なし一つ新家に夫と住むなり

年明ける

几帳面なる夫逝きし後直す人なき掛け時計時足らず打つ

開かぬ眼に涙溢らせ息絶えし夫の心の言ひ難くして

重病の患者より採る血の繋し生きの力を摘まるる如く

夫の眼

生に関はるすべての物が平板に音なく見ゆる夫死してより

己が建てし新居見定むと開く眼か遺体となりし夫帰り来て

開きゐる眼を我が手に閉ざす余りにも肉うすき夫の遺体に触れて

彼岸椿

「うちの兄が居らん」と老姑が問ふ時折亡夫《つま》の姿求めて

西方の浄土まぶしき入つ陽に茜ひろごり夜につながる

椿咲く伊予の湯に入り給ひしと聖徳太子を風土記はしるす

老姑

国の為に旅に出でしと逝きし夫を老姑に言へば勢ひ頷づく

ややに惚け癒ゆるがに見ゆ暖春の一人ゐざりを始めし老姑

ふらん草夕餉に使ふ程とりて一人の暮らし庭にまかなふ

無題

木蓮よ椿よ著莪よ花開け主なき庭に供華のごと咲け

浜風にうなづき合へる無果花の葉が我が裡に相槌を打つ

梅雨冷えの朝戸を繰れば畑に咲く菊ほつほつと霧に亡夫呼ぶ

孫の世話を打ち切り帰る己が家の広き空間わびしさに満つ

夫逝きて白寿の姑を看取る夜はしじまに蟬の短く鳴けり

白髪の我を呼びをり「おばあさん」老姑は名前を忘れ果てたり

九十九歳の姑の祝ひは生き残る娘三人侍らせて撮る

四十年の歌歴数へて捨てしものありしを思ふ運命なりしか

夏よりの微熱こと上げしつつゐし九十九の姑遂に気弱る

臥せ居れどこの家に住むが生き甲斐と老母《はは》は言ひつつわらわらと泣く

怒り狂ふ老母の言葉に意味もなし腹も立たざれど可笑しくもなし

ミュシャ展

極寒のスラヴの女逞しく半裸に描けば土の匂ひす

スラヴの赤は燃ゆる色かなミュシャの絵に炎の如く稀少に使ふ

ポスターの女の髪の魔物めく豊かさに魅かるアールヌーボー

占ひの言葉成就す六十三歳よりは孤独になるばかりとか

古代の占《うら》

苦しみの中に描きしとふ絵に会へば苦しき心癒されてゆく

君まさぬ二度目の年越しいつしらに覚えて一人ワイン傾く

風花の舞ひくる中を今宵食さむ菠薐草の濃緑間引く

黒雲が囲ふ朝の茜空血の色は古代の占ならば何

内海の古墳

海族の眠る古墳に佇めば翳りなき海を渡るそよ風

後円のめぐりに張られし大理石飴色となり土にまぎるる

発掘の現場はシートに覆はるる前方後円墳縦六十米

八千年の遺跡

八千年前の人骨まさ目にす伊予の黒岩陰遺跡これ

四国《よのくに》の太古に生きてゐし人類の裔ならむ吾も友も亡夫も

短歌《うた》作る日を上げるよと写絵《うつしゑ》の亡夫言ふ如ししじま身に沁む

土の井戸

丈延べて息子に着せむ亡き夫の形見の服のあちこちを解く

土佐勢を防ぐたのみに築かれし河後護《かごもり》城址霧雨の中
（三間平野の中程に在り）

踏み迷ひゆくに掘られし城跡の柱穴におのづ雨吸はれゆく

二之丸公園開園記念能

亡き夫と名前の字まで同じなるシテは「安宅」を縦横に舞ふ

喜多流の宗家は面やはらかに気高く歩むひと足ひと足

声野太き人間国宝茂山師の「水掛聟」に心くつろぐ

北陸にて

かつて住みし大陸の市を思ひ出づインド人の店に選るネックレス
（金沢市）

大黒主命留まりしあと処気多の大社のひろき鎮まり

苔色の汐の入江に破船《やれぶね》の泊てをり徐々に奥能登昏《く》るる

初夏の思ひ

釣銭に困りて在りし日のままに仕舞へる夫の財布を覗く

一万円の古き紙幣を四ツ折りに挟みしままの亡夫の定期入れ

老いしのび寄り来る足に亡き夫の歩みし土堤を歩まむとする

歌人とふものは生命をかけ詠むとドナルドキーンの言ふに聞き入る

老人斑とみに出でしを知らぬらし運転うまき兄を見て居る

砥部の里

砥部古代遺跡より出でし土器石器ガラスの勾玉白綿の上

土器に付く焚火のあとの黒ずみを見つめてゐたり束の間のこと

面河渓谷

異国より牛の飼料と共に来し黄花咲き充つ四国カルスト

直立に空に向きたる「亀腹《かめばら》」の崖は玻璃戸に尚余りたり

四十余年隔てて訪ひし父の郷里《くに》伊予の奥にして広き国道

旅

平成五年〜九年

散歩道

久しくを夫が歩みし散歩道やうやう心決めてたどりぬ

早足の夫に随《つ》けざる口惜しさに二人して来し日とてなかりし

此処までは潮がこぬよと一線を引きて葦草の青々しかり

百壽の姑

百歳の姑の眼に光満ちきて吾を「お母さん」と呼びます

百壽なる姑に縫ひたる白絹の頭巾の壽の字朱に映えたり

満州国の歴史織りなす物語ミュージカル「李香蘭」をつぶさに見たり

宮島

渡回廊歩めるひとの切れ目なし安芸の宮島紅葉の盛り

古りにつつ薄れて残る手洗石の元文三年あとはおぼろに

寛文と彫らるる水門の灯籠に音戸の瀬戸は古き船道

百歳に逝く

百歳の齢を生きし姑は今しづかに呼吸《いき》を止めむとしをり

大葩《おほなり》の伏する形に真白なる姑の頭蓋を拝《をろが》みにけり

北条市の鹿島散策

服喪中の身なれば鹿島の宮の前拝まずにゆく句碑めぐる旅

南から北へ潮の急となる昼の鹿島の背をわたり来ぬ

娘ら帰る春に合はせて漬け物の大根を拭く三十あまり

四国歌会終りて

白き墨入りたる歌碑の流麗をしばし見て立つ法華津峠に

吾妹四国歌会と白く看板に出だして主宰夫婦を待つも

歌碑建立の頃を偲びて茶店、バス停の位置を言ひます友也先生

（昭和二十年　第八歌碑を建つ宇和島文社）

先生の歌評をしかと聞き終へて心明るく社友らはある

（歌評）

吉野ヶ里

絶え間なく西風たてば魏志に記す倭国は此処か佇つ吉野ヶ里

敵を防ぐ杭立ち並ぶ門の左右風茫々と鳴る吉野ヶ里

にせ札の如き感触ざくざくと楠の枯葉を溝より出だす

会津盆地

夜くだちに霧晴れあがる朝の窓猪苗代湖を間近く見する

おしなべて咲き満つる桜公園のしづけさの中磐梯仰ぐ

百歳にて逝きたる姑の遺言状色焼けせるを畏み開く

膝頭痛むとふ老姉《あね》の杖つきて見送りくるる道を帰りぬ

濃紺の眠りに入るや初夏の空蛍は星とまぎらひて揺る

歩きなさい体のためにと人言へど余りに歩きて逝きたる亡夫

老眼鏡かけしままゆくポストまで猫のごとくに地面が近い

伊予善應寺・北条市

建武二年快慶作とふ釈迦如来胸のふくらみに金箔おだし

ゆたかなる金箔の肌なかば開《あ》く御目の光りやうやう鈍し

三尊の文殊菩薩は獅子に乗り猛々しくも右手に剣とる

白鳳の代より伝はる誕生仏小さき御指に天をさしたり

四国カルスト

全容を雲が閉ざせば口々に説く四国カルスト高原の様

岩間なる山肌すべる俄か滝延々として渓谷に落つ

草鞋にてこの間道を馳せゆきし「龍馬」らの意気思ひ見るべし

宮詣り・横浜にて

漸くに終ひの孫の宮詣り済ませて和服の帯解き放つ

宮詣りに破魔矢を持ちて舞ふ宮司に幼もしんと鎮まり拝す

夫の知らぬ孫の匂ひの夫に似て歌へば笑顔忽ちに見す

故郷《くに》にてはせんだと呼ばるる棟《あふち》の木公園の芝に柵されて立つ

子守唄に黒眼くるくる笑み含む嬰子は歌好きの亡夫に似てゐる

ざり蟹の寝物語りが仇となり幼は覚めて指をしゃぶれり

完全に陽の陰に入るゆるやかな丸味の地平飛機にたしかむ

形見なる老眼鏡が合ひ始め夫為せし如く新聞を読む

居室より一人眺《なが》むる石鎚山《いしづちさん》は舅坐せし日に変ることなし

造花では仏に心通ぜぬと樒《しきび》保たす炎暑の日々《にちにち》

如月

常くもる石鎚連峯雪襞のあらあらしくて今朝の間近さ

百に逝く姑の残しし山茶花の咲き燃えて一樹終らむとする

百歳の息絶えんとし執着の御目の色のおろそかならず

さびれたる飲み屋の続く坂の奥一遍上人生れし宝厳寺

早春の笑み

来信の宛名丹念に書きとめし亡夫《つま》の住所録に恃まむとする

早春の夜の更けゆきて亡舅《ちち》遺しし楠の葉ずれの語るを聞くも

父母、夫を祀るぬくもり此処にあれば巡る愛《かな》しさ故郷に住む

嗚呼　岡野久米先生（吾妹の重鎮として最後まで活躍される）

共に死を選び給ひし久米先生御夫妻の強き絆その愛

一息に死に赴かるるその日迄明るかりしと会ふ人語る

唐突に届けられたる訃の文の開く巻紙に立ちつくしたり

金毘羅歌舞伎

金丸座幟りはためく坂道を登れば早も入りを待つ列

蠟燭を和紙に巻く灯に照らさるる白塗りの顔化身葛の葉

道成寺の鐘の真下に勢揃ひおさめの見栄を切る成駒屋

鎌倉と松山

山門に観光バスのわだかまり建長寺の春まさに賑ふ

仙台師団に属せし夫を合祀すと瑞巌寺に並ぶ戒名俗名

旧軍人の矜持崩さず病みて尚夫は不遇を恨まざりしよ

平泉にて

東北の覇者秀衡の蠟人形支ふる足の太さ分厚さ

三代のミイラ納むる須弥壇の螺鈿の光りいまも変らぬ

いまもなほ笑ふお顔の息づくも中尊寺楽面最古のおもて

東北の訛ゆたかな遠野にて昔話を聞けば泣けくる

屋久島

屋久島の杉の木膚の岩めける幹より生るる石楠花の紅

倒れたる杉に重なる屋久杉ありいずれも青き苔層を着る

おたおたと屋久島猿の毛深きが小さく並びバスを囲めり

島か雲か果も知れざる洋上に細かき雨が跡のこしゆく

今出の里のうら盆

うら盆の墓地の供へ灯に明りつつ巡る里人顔浮き立たす

渇水の畑に落葉しつくしし無花果は実を青く残せり

われが問ひわれが答ふる盆の夜の亡夫は在りし日よりも優しき

屋根を打つ唐突の音の高まれば雨ぞと勇めど束の間のこと

一人居のまさかの為に掘る井戸の鉄分多くして遂に飲まれず

知らぬ間に切手値上がりつづく世ぞ絵のわからぬは逆様に貼る

カーテンにしがみ付きつつ枯死したる蟷螂のあり旅ゆ帰れば

小田深山渓谷

紅黄色染めわけ美しき雑木山そを濃き杉の山が囲める

山稜の三十五度に斜りつつ目くらむ空の紅葉盛れり

風穴を見むとし渓の渡れざり石を飛びゆき又飛び帰る

二之丸庭園歌会

城山のもみぢする木の彩さまざま二之丸庭園聚楽亭に坐す

北風のまとも吹き入る聚楽亭夏の茶席に城主坐せしか

二之丸の十間四方の大井戸の涸るる日のなし階段古りぬ

地震跡をＴＶに

漸くに電話通じし嫁の実家《さと》二人元気と息子も居りて言ふ
（大阪高槻在住）

地の神の椿祭りを祝はむかおたやん飴を家土産《づと》にせむ
（松山地方の椿祭り）

主宰を囲む

隣りする藪の内よりピピクルル春告げ鳥か朝より鳴くに

（二月十三日）

先生の燃ゆる心を感じたり面影先師に似てゆるぐなき

先師を継ぐ先生のいよよ燃えまさむ力不足の吾なれど続く

峠の師碑

海を臨む峠の風に師碑寂びて守りつづくる我ら老いたり

春を告ぐる鳥が迎ふる峠のどか蝶介碑は浮世を離れています

副碑建つ頃に植ゑたる桜木の大きく育つ四阿の巡り
（あづまや）

沖縄にて

沖縄の寄棟作りの赤瓦埋めつくすほど漆喰を塗る

摩文仁の丘それ全体が墓なれば夫の位牌と共に登りゆく

朗らなる少女時代のうつしゑは我らと同じ　ひめゆり部隊

雨の足柄峠

玲瓏の富士を背にして立つ師碑を四度訪ひきて雨に閉ざさる
（第七蝶介碑足柄峠に建つ）

つぼみもつ紫菖蒲葉の間にのび立ち初めし三渓園歩く

くもり日の水辺に生ひし花水木白き小花の満ちて香に立つ

幼子

ざり蟹をまさに捕らむとするくだり寝たふりの幼《こ》に電気が走る
（添ひ寝する）

大泣きに泣きて空港に迷ひたる幼の動き知れば握る手

サリン禍の営団地下鉄避けながら東京湾一周に幼らとゆく

船員に「ランチ食べた？」と撫でられておとなしくなる幼連れゆく

夏の日悲し

安居《やすらゐ》の歌会を率《い》てし栃木氏の短かりける生命くやしむ

逝きし歌友《とも》の一家へ向ふ身のよろけ自律神経調へ難く

栃木夫人の誰にも明かさぬかなしみを思へば我も黙す他なし

釜利谷

カナリヤでなくて釜利谷《かまりや》と言ふ町名娘の引越せし先を覚えぬ

北條氏の金沢文庫が残る町今延々と丘に拡ごる

収入も家族数にも差のなきや似た坪数の家どこまでも

蟹の家族

漸々に一匹の蟹捕へきて連れて帰ると幼は聞かず

ラジウムにぬめる洗場踏みしめて温泉に入る亡夫《つま》と来しごと

夕茜に向き飛ぶ椋鳥《むく》の大群は囀りにつつ光りに吸はる

南海道道前を巡る

四国一に国と開けし道前か成務帝の御代百五十八年

南海道道前なりし西条の八世紀創建の保国寺《ほうこくじ》訪ふ

保国寺藁葺屋根の一際の高きをめぐる白塀の線

新春

伊予平城《ひらじやう》の遺跡より出づる貝の笛掌にのる程の音を恋しむ

現実にありたるならむ「大地の子」日本人孤児のドラマに正座す

奥伊予をゆく

焼け落ちし兵糧米を見出でつつ亡父《ちち》と佇ちたる古城跡は此処
（三瀧城跡）

山里の夏おどけつつ田植ゑする三島神社のどろんこ祭り

いまは亡き城川町長たりし家守りて九十二の従姉は一人古家に棲めり

合掌の手

海峡を春潮にのり入り来るコンテナ船に島影ひくし

墓参する人ら互みにゆづり合ひ冬暖き井戸水を汲む

合掌の双手通してぬくき血のめぐるを感ず祈りと言ふは

春を病む

時折は澄める眼を開《あ》く老姑を床にはげまさむ花便り言ふ

退院のあとを元気に過ごせよと賜ひぬ手作り茸《きのこ》ヨーグルト

転院の決りし老姑の点滴に惚けし手をとる今夜限りと

旧別子銅山

落石を怖れつつゆく九十九《つづら》折りガードレールが頭上に続く

銅山のあとをとどむる坑道の地図ある場所に車の置かる

江戸初期より国の銅銭支へ来し別子銅山の火は絶えにけり

遠く聳つ

階段の丘の上まで続き居る横浜住宅街極めず帰る

運ちゃんに見縊られしか娘の家へ遠回りされてなかなか着けず

蝌蚪より育ててきたる蛙の子見えずなりしと男の子は泣けり

来島大橋周辺

二十一世紀へ開通急ぐ西瀬戸自動車道間なく見る日のあらむ生き甲斐

淡藍の海のさざめき生ける如し梅雨の晴間の来留島の瀬戸

本四架橋なんか言うてもわからんが糸山公園ならば知っとる

頑なに並ぶ主塔の列長し瀬戸を切りさきつなぐ一線

孫との旅

ノモンハンよりレンバン島まで征きませし夫祀る日に子等も集ひぬ

我よりも元気なる孫と太秦の暑き舗道を映画村まで

繫がれしポニーは孫より餌を欲りて暑さの中に歯をむき出だす

抑留者画展

馬は死に人間がその替りして馬橇を曳く決死の抑留者

煉瓦の如き黒パン分ける衆人の前、計り寸分違はぬ様に

暗き部屋に足の裏のみ積み描く飢餓に死したる戦友《とも》の屍

山陰

流されし後醍醐帝を慕ひ来し兒島高徳の十字の詩《うた》の碑

夢千代の里と謂はるる湯村の湯熱き荒湯に玉子を吊す

秋雨

江戸縮緬の古裂に綿を含ませし椿の花を頂き帰る

ざんざ降る秋雨に覚め六月より今年は雨の日多きを数ふ

姿石探すならねど日をかけて亡夫の散歩路浜洲を歩く

阿波踊り

捕虜の日の手作りアルミスプーンを宝の如く亡夫は残しぬ

陽を当てし布団、シーツを新しくかけて明日来る遠家族待つ

阿波踊り連なり出づる少女らの頰の丸味の瑞々しかり

蛙となりて

おたまじゃくしが蛙となりて水槽を抜けて行きしを幼は探す

ふなやの湯の熱きにつかり大風呂のぬるきに一人はしゃぎ泳ぐ

実家より伝はる軸を床にかけ今年は宝の舟を掲げず

重信河口

誰が真似ぞ知識ありげに虫探す幼の守《も》りに春日傾く

石鎚の傾斜《なだり》厳しき雪襞に一点光るは山小屋ならむ

石手寺の大きわらじは誰が履くぞ今年は銀の色しておはす

梅林

ゆけどゆけど梅の林の続くなり心いつしか現《うつつ》を離る

梅林の花の里輪を囲む山に芒《すすき》芽吹ける落葉樹の森

薄紅に紅に真白に咲き盛る梅林の香に慣れて昼餉す

友也先生御来松歌会

松山の気流に着陸不能機は先生を乗せ伊丹へ向ふ

ひたすらに待つ他はなきひと日にて先生を待つ愛媛合同歌会

歓迎会の半ばは己が詠草を持ちて先生の囲りに集まる

歌友の夫君を悼む

唐突に逝きし夫君のうつしゑの笑顔を抱き君細く立つ

元気よくオペ室に入りしが間もあらず心臓停止の報をきくとは

還らざる人はいづこに逝きしらむ遺影を抱く君を悼むも

島原にて

殉教の霊慰むと雲仙にローマ法王が贈りし十字架

筆太き蘇峰の書体蝶介の筆さらさらに歌碑の見飽かず

（殉教者を悼む仁書一碑の歌碑）

殉教の縄打たれたる人たぎる湯に阿鼻叫喚の雲仙地獄か

山頂のドーム奇怪に残りゐて普賢《ふげん》岳の山容赤く傾く

島原の巷の鯉に指吸はせ旅の心にしばしくつろぐ

旅

「順正」の湯豆腐の味京めける奥の座敷に同窓三十名

裸体にて尚階下る温泉に老いの身ながら心躍りぬ

曇天の雲抜けて明るき夏の空午後六時の陽機翼にまぶし

晩夏来る

名も知らぬ星をレンズに視ればああ呼吸するごとき千の星屑

手子神社は大山祇を祀るゆゑわが故郷よ親しみの湧く

称名寺北条の家系とふわが嫁と瓜二つなる胸像の建ちて

佐田岬

平成十年～十四年

秋桜

コスモスの花に吸はるる夕茜空の半ばを朱に染めたり

品川の立ち喰ひそばは東京の生活臭ふ旨き味する

皓々と昼尚点す品川の駅の広場《ホール》は二階なりにき

富士柿

「ご主人が居られるのなら屋根替を」亡夫の標札残し置くゆゑ

日曜が余りに早く来るからに安売り卵の日を逃したり

富士柿の大樹にすがりねぢ切りし実は手に余る大きさなりき

日々速し

亡父《ちち》に似て亡父《ちち》より老けし兄の姿《かげ》五年振りなりタクシー降りる

古箪笥より貸証文を捨てむとす亡姑《はは》の執念礫となして

山頭火の被りし笠の黒々と掛かれるままに一草庵あり

（松山市）

湯布院

由布岳の裾はみどりの樹林なれ枯色の稜線は雪にまぎるる

まほろばの此処かしこより湯煙りの上りて山の雪と見分かず

日田牛に鰻虹鱒の刺身など酒なき女一人の食事

臼岳の石仏

離れゐたる仏頭もとに納まりて大日如来千年の姿《かげ》

荘厳なる屋根に覆はれ石仏の国宝となりし五十九体

ホキ遺跡台地の上の五輪塔嘉応二年の梵字のくぼみ

様式に雲崗石仏の流れあり裳懸座《もかけざ》に開く小さき穴など

魚ねらふ鷗は川面に身を低め険しき姿《かげ》に羽をゆらさず

能島船折瀬戸

水軍の根拠地たりし能島ひとつ船折《ふなおれ》瀬戸の真中に浮かぶ

小さき城一つがやっと建つほどの能島村上水軍の跡

船折の名に相応しく瀬戸波に激しく船は打たれつつゆく

この夏

さんご樹の垣に西陽の当りつつ風に移れば葉の色変はる

捕虫網元気に振り振り境内を走る幼にはらはら従きゆく

半ズボンの足細けれど日に灼けて蟬を追ひゆく幼たくまし

蟬籠を何より大事に飛機に乗る「来年またね」と幼逞し

来島大橋事故

来春の竣工を待つ来島の大橋の事故に犠牲七名

事故直前にのり替りたる八名の運命《さだめ》に我も口惜し涙す

周作の「沈黙」はキリシタン弾圧に転びし異人宣教師を描く　（遠藤周作）

雲仙に立つ十字架のうかびつつ「沈黙」の舞台に周作偲ぶ　（同右）

一九九九年元旦

伊予人の何くはぬ顔にまじりつつ我も元日投票を終ふ

テレビカメラに伊賀知事出でて「敗北の将兵を語らず」とすがすがしかり

自民党王国愛媛を二分する選挙に知事派の醜聞多かり

病む兄を見舞ふ

病む兄の喜寿を祝はむ我が創る革の財布の孔雀の模様

ガリバーの小人国か並む島を鎖の如くつなぐ大橋
（本四架橋）

望遠のレンズを合はす主塔の上今日は男らの動く影なし

戦争の長き年経て四人兄弟の欠けず生き来しを老姉と語る
（我兄弟姉妹四人共老いて）

青空市場

青空市場に食べ盛りの子の食づくり往き来せし頃我若かりき

野菜など近所の人と分け合ひて買ひこしことなど楽し思ひ出

生糸業を戦後引きつぐ会社にて月給はスライドせず低かりき

天と地をつなぎとめたる遠霞そこに精霊ひしめき居るや

機窓よりつひに眼をそらしたり何処に消えし夫か悔しむ

しまなみ海道

水軍の育ちし島を礎《いしずゑ》に来島大橋高く連なる

島はるか黄砂は降れど瀬戸内の大潮の青は天に引かるる

島々の入江穏しき集落を右に左に大橋渡る

掌を合はす先より光り放つごと多々羅大橋の斜張ゆるまず

薩摩より芋苗懐に持ち帰り飢餓救ひしと芋地蔵立つ

（瀬戸内海の島）

石鎚桜

甲斐武田の落人のさと吾川村に五百年経るへうたん桜

亜高山の四国山系にふるくより種ののこれり石鎚桜

石鎚桜のべにのいとしく枝垂れをりなだり酷しき落人の里

生徒らは帽子をぬぎて観光の我等にあかるく挨拶して過ぐ

三坂峠の下を埋めてまたたくは松山の灯ぞ近々として

雨の白猪の滝

濡れし幹の黒く列なす山の峡流れはしろくけぶりとどろく

川音にかきけされゆくお互ひの声の濡れつつ山のぼりゆく

滝壺はけぶりと見えず水の量なほ補ひて日照雨降る

山紫陽の白きが雨にうなだるる山路に亡夫《つま》と訪ひし日の顕つ

鷹の子の温泉《ゆ》に浸りつつ今日の日がわが健康によかれとねがふ

土居家住宅を訪ふ

一人一束運動に成る大茅葺土居家は町おこしの要なりしぞ

天井の高々とあり穏やかな土居家の座敷離れがたかり

動物の本能ならむ目覚めやすし仄か明るむ土居家の障子

弘法大師展

やや右に顔をふりたる大師坐像親しみやすき姿《かげ》によりゆく

長安におはせし大師の日々のさま彩も落ちざる絵巻に拝す

女人禁制の高野のふもとに庵むすぶ母玉依御前をひたすら看取る

自らの進まむ道を説かれたる聾瞽指帰《ろうこしいき》は今も鮮らし

常に手に持ちし御数珠の金細工拡大鏡の下にのぞくも

佐田岬展望

法華津峯に吹き晴れ見放く佐田岬霧より出でて海を切りたり

じんじんと南風《まじ》吹く海に霧晴れて全容見する佐田の大岬

佐田岬

断崖に寄せゆく波のありありと肉眼に見て佐田岬延ぶ

指月城址の石段登りゆけば淀める堀に暦日著し

えいえいと掛け声上げて打つ太鼓原始の楽器我らをはげます

いまだ夫を生くると信じ送りきし戦友《とも》の賀状に病むと言ふ文字

垣生《はぶ》支所に盛り上り咲く桜《はな》の横　昔真白き土蔵のありき

二十歳《はたち》にてはじまる新婚生活はヤミ米と安月給の間《はざま》にありき

二千年吾妹全国大会

それぞれに通り過ぎたる若き日の還ることなくめぐる大会
（入会後四十余年）

救急車門辺に着くもその朝の勉強会は予定通りに

松本門次郎死するを言ひて師の声のとぎるる会場只にしづもる

何一つ成就ならざる我なれど此の世に短歌詠む事学ぶ

懐かしき「ながやま古墳」けづられて橋に七人の慰霊碑の立つ
（瀬戸内海今治沖の島架橋工事犠牲者七名の慰霊碑立つ）

古墳の旅

継体の帝の陵と由来する今城跡《いまじやうあと》古墳荒れにけるかな

前方後円墳の形くづるる御陵のめぐりの小道ゆっくり歩む

国衙《こくが》の跡の心礎を手洗石となし滴る水の折しも温し
（島上国衙跡）

西条祭り

川土堤に並ぶだんじり七十七台此処にはじまる宮入りの行

気合かけ女性曳き子の唄ひつつ水蹴り入りゆくだんじりの前《さき》

金色の荘厳まぶしき大神輿を真中に守りはばむ攻防

青澄める川一遍に泡立ちてだんじりの舞小半刻ほど

だんじりの上段幕の陰に坐す火を守る子らか揺らるるままに

来島の瀬戸

海面に大渦の縁《へり》嵩く出でて影濃し来島の瀬戸

をちこちの峡に湧きくる靄しろし　高速道は夜を貫く

くれ初めし徳島道の山山は未だまぎれぬ深き苔色

四国中の歌詠人《うたよみびと》ら松山へ集ひ開かる四国歌人クラブ愛媛大会

椿祭りの頃

どっと寄りふくらみ靡く竹林の北西風《あなし》はひと日冬陽の中に

水仙の里輪を守る八十翁いまも矍鑠として花増やしをり

伊予灘に沿ひゆく道のはるけさや重信川口、興居島も見ゆ

椿さん今年穏しき冬日にて参道長く人の続けり
（椿さん＝椿神社）

故宮博物館展示会

白磁なる壺に描かるる紅桃をもぎても見たくしばし佇む

皇帝の印章は龍を現はすと金色眩し権力の彫り

金色の殷周の世の日用品今眩しくも磨かれ置かる

上野美術館

今年又蝶介忌に遇ふ歌友らに若さ繕ひ老いは見せまじ

商人の貌もつイジナ家一世の絵は目の下に×《ばってん》を画く

乳房垂れ四肢張る女《をんな》や男の群れが一糸纏はず森に立ちたり

火あぶりの処刑を受くる大広場宗教争議か覆面の役人

フィレンツェの街遠景に食事とる男は誰ぞ油絵となる

マダムバタフライ

長崎のグラバー邸を巡り来し今宵アニコの「マダムバタフライ」聞く

会場も裂けよと唱ふ「ある晴れた日に」長崎湾の空の杳けく

ドイツ語は理解しえねど聴衆の拍手は止まずマダムバタフライ

重信川口に遠き佐田岬《おはな》の小島冴え手に取る如き寒の好日

北京の秋

やはやはと赤旗十数本靡きゐる北京空港に夜降り立ちぬ

清朝の西太后の夏離宮頤和《いわ》園に今人ら賑はふ

謁見の大き広場をゆるやかに川の流れて黄河につながる

国慶節の天安門広場夜に入れど群衆絶えず何を見んとや

万里の長城

峰に立つ狼煙《のろし》台より胡弓の音人波つづく今日は国慶節

黄泉《よみ》に飲む水をと深き井戸一つ掘られし地下の陵墓を巡る

栄華もて逝きし帝の墓碑面は功績なしと一文字もなし
（明の定陵）

紅葉に紛れて残る狼煙台戦せし日の煤いまだ付く
（万里の長城）

石鎚山系土小屋吟行

山肌の粘土色して陽をあびる天狗岳ただに天に聳ゆる

尾根越さぬドライアイスの様な雲の遂にあふれて西へながるる

大玻璃の真中に向けていつかしき社殿の奥の天狗岳正面
（石鎚神社）

豊かなる日本の民に唐突に起こる地震《なゐ》あり運命《さだめ》やり難し

五月の旅

ありのまま思ひを述ぶるに止まりて遠来の我は歌評を終へぬ
（吾妹全国大会平成二十四年度に出席）

男の孫《をこ》三人さはに伸びたり次々に挨拶すれば屋の内せまし

朝発ちの飛機より継いで箱根路の電車のおそきを友と言ひつつ

藪の間《あひ》のせまき中より押し出でし新竹《にひたけ》折ればしぶき香に立つ

時の翳りに

独り居の我の相棒古りし家の陽の差す窓に声かけて出る

豊中のとある菓子舗に待ち合はす我等二十年目顔を忘れぬ
（藤沢あつ子様と会ふ。後に刀根山病院で死去する）

突き出でし砂洲《さす》がい抱く潮溜り川口そこのみ濃き青湛ふ

低速になりし我が車を追ひ越せるトラックの警笛海にこだます

水不足に狂ひ咲きたる蜜柑花と木犀の香にむせて行く道

佳き日

平成十五年〜二十一年

薄黄色に靄づきやまぬ三津港に伊予の小富士のやさしき島影

友也主宰の死

網目成し今年のびたる梅の梢鶯十羽程がとび発つ

不死身のごと生き給ひたる主宰の死その現実を遂にうべなふ

（短歌誌「吾妹」社主宰生田友也先生）

頬染めて幼児のごときデスマスク今目交《まなかひ》にたちて離れず

（同右）

海よりの風ひそかなる昼下り突然梅の甘き香の寄る

九州大分の旅

折からの雨に黄傘の群れてゆく真野長者《まののちょうじゃ》の石仏を見に

世の移り知らざるままに和む雛時代の順に壇に坐りぬ（日田）

享保雛五人囃ののどけさは口開くるあり弦を奏《ひ》くあり（同右）

戦災に会はざりし町の遺産とし武家屋敷丘の起伏を占むる

（杵築市）

こく青く透明に満つる築後川バスに並びて蛇行し下る

友也師還るなく

返り見ばこの大屋形「開雲荘」吾妹社が占めたる歳月長し

空港より遅参の吾ら走り込む漸くわが席確かめて座す

毎年のあはびステーキ当りよし柔きは口に溶くるがごとし

今年より歌評者の席に招されて友也師を又しのぶ大会

幻の地底海を

まぼろしの地底海めく闇の夜の火星は光る研ぎすまされて

地の底に海のあるとふ火星いま近々として地球と対峙

五千万キロメートルの距離を今正目《まさめ》にしつつ火星を仰ぐ

唐突に受難起きたり巡りゆく家具屋にこけて足首を折る

予期せざるギブスに片足とられゐて松葉杖つく我のいでたち

店じまひ明日に控へし家具店に魔神はひそとねらひてゐたらむ

骨折の起りし時をふり返る魔の時間帯頭まっ白

グチャグチャとギブスの中の吾の足夏のさ中を物体めきて

わがギブス仇の役を果し終へ汚れ去りゆく汝は廃品

集まりて交す言葉の有難さ友の誘ひに良き医師を訪ふ

歌友を悼む・故河野和子さんへ

「母の死」を告ぐる声色落着きて受話器に君の声かとまごふ

事故死かと疑ひて聞く唐突さ独り夜中に倒れたる人

生涯の友とはされしコーラスのグループが囲み唱ふエーデルワイス

春彼岸に

断家して嫁ぎ来たりし五十年墓前に一人木枯しを聞く

鉱泉に肩迄つかり濃碧りのダム湖に芽吹く樹に目をつむる

身の巡り病む人多し五種類の薬、目薬吾も持ちあるく

夕べの庭に「エルサレムの星」咲き灯る戦ひつづくパレスチナの地よ

風吹けど菜の花に泊つる紋白蝶《もんしろ》つきて離れぬいっときのあり

次兄逝く晩春

逝く人の中に交りて兄もゆく五月十三日小雨降る中

太りたる顔に苦しみの相見えず棺の中に兄横たはる

クリスチャンの信仰厚き兄なれば愛唱の賛美歌に送られてゆく

結核の肺切除してそれよりの生の戦に勝ち残りしに

四人なる母の残しし兄弟の最初をなして次兄世を発つ

吾妹松山短歌大会終る

創立八十周年記念修めの松山大会和恵代表の祝電読まる

わが母の小さき声を聞きしかな支へられ来し細き血の糸

松山にては得難き歌評給はりつつ時の経ちゆく清しさに在る

（秋葉氏・飯田氏、来松歌会）

遠来の友らに大岬を隠したりいたづら者の法華津の霧は

濃みどりの短剣のごと路の上に著莪《しやが》は群れたり故友也師いづこ

（法華津峠にて）

「佐田大岬」の師の歌碑苔に覆はれて巻き戻さるる華やぐ彼の日

その昔の狼煙《のろし》の跡の黒ずみに触れて冷たし万里の長城

台風に

台風にたたられて去る一人旅孫《まご》は人より高く手を振る

白シャツに薄茶のズボン黒リュックの少年の如し細身に笑みぬ

亡父母の道具衣類を捨てられず遂に納戸を建てて収むる

亡父の衣を作務衣にすべて直す案うからに問へど処分しがたし

カテーテル

血液の検査七回終へて就寝のベル聞く夜は心冷えゆく

血管にすいと入りくるカテーテル難あらすなとおのづ祈りぬ

血の流れデルタにそそぐ川に似て忽ち臓器にひろごりてゆく

ステックの四本を入れし我心臓老いて初めて健康となる

兄の新墓を高松に訪ふ

骨太き兄を埋めし新墓を遠地《をんち》に訪へば粉雪の舞ふ

香川の地に別家となりて住みにつつ信仰仕事にひと筋なりし

終戦の翌日復員《かへ》りし兄の声門にひびきしかの日をしのぶ

花のまぼろし

大空を掃く形して咲き揃ふ真赤き桜花《はな》よ東洋桜は

春冷えの朝に聞きたる鶯の初啼き清し藪のいづこぞ

足柄峠の旅

富士山を隠して霧のしまきつつ師の歌碑の文字見えず足柄峠

松山の友らと碑前に昼餉する「盛吾《せいご》の君」の案内に謝し
（山本盛吾氏）

山肌の裂け目を伝ひ落下する幾十丈の富士酒水《しやすい》の滝

夏来る

蛸飯を待つ二階屋の木の間より船泊つる海身近に青く

天《そら》、海を真白につなぐ沖霧に向きて吟行の友らの小さし

竹林のみどり鮮らし梅雨明けを余病治《なほ》ると娘よりの電話

水仙の睦月に入りて咲き初めぬ手入れとどかぬ我庭の隅

三津花火大会

瀬戸に入る夕日は光《かげ》を海に曳きわが乗る船を染めて昏れゆく

赤光を曳きゆく闇に真みどりのあぢさゐ咲きてふはり消えたり

打ち上げし花火の余韻身に染まり夜空の煙霧仄か明るし

韓国の秋

仁川《インチョン》の干潟を走る道延びて忽ち高層マンションの群

昌徳宮《チャンドックン》の長き練塀くぐり入る人等にガイドの使ふ日本語

日本の和平の使者となりましし李方子夫人の在せし宮居

オンドルの設備確に床下にありて昌徳宮《チャンドックン》彩色明かし

国宝が世界遺産となる今日の王宮世廟手入れのよろし

四国歌人クラブの受賞式

場慣れせぬ受賞者ら主婦の坐を下りて畏まるシャンデリヤの下

小高賢さんの前書き監修頂いて良い短歌界デビューでしたね

身半分程の花束抱へをり百合花は肩より匂ひくるなり

松山にて一期一会の別れ言ふ今日の喜びに連なる吾は

大和ミュージアム

目指し来し「大和ミュージアム」はるかなる彼の大戦の戦艦「大和」

関大尉の優しい面影に真向へり西條出身の敷島隊隊長

「忠なれば孝にも適ふ」と書き遺し征きたる兵の面影やさし

満州鞍山旧中学、高女同窓会

高千穂の宮に上れば夜神楽を朝《あした》に納め笑みかくる女面《めん》

生れしより「笑顔をせよ」と常言はれし吾が顔の相鏡に映す

八十歳に僅かとなりし吾が足の立ち居よろめき務めの悪しき

さすがに声うら寂びたれど続きては旧鞍山高女校歌斉唱す

黄風にタンホーロ売る満人の影なども今日忘れむとして

防備なき平和

青紫蘇のしげみに梅雨の風わたり小さきバッタが葉影より飛ぶ

レバノンを逃れる人の行列にコロ島引き揚げの彼の日のありき

黒衣被る女らの国よ瓦礫と化す街並よぎり人ら早足

道東の旅

若からぬ吾が時間かけ打ち終へしメールは発ちぬ光の速さに

オホーツクの海より還る鮭の群採卵場の水路に群るる

知床は地の果てと言ふアイヌ語の昔を識れば異国めきたる

やや淡きみどりの産毛もつ鹿の雪の熊笹踏むに息呑む

湖にて

阿寒富士、男阿寒、女阿寒、三つの岳雪を冠りて湖《うみ》に姿《かげ》置く

音絶ゆる湖に水皺の動かざり毬藻の島へ船は走りぬ

蝦夷松の樹林帯つづく長山峠ながき坂道雪降り出でて

透明な水底に小石数知れず阿寒湖いまだ太古のひそむ

羆《ひぐま》に逢ひ蝦夷鹿に逢ひ遡上せし大鮭に逢ふ旅ゆたかなる

あくまでも清しき四国連山に向きて短歌《うた》詠《よ》む八十路の平和

団塊の世代と言はれし息子らの子の婚なれば行く年早し

轟《とどろ》の滝吟行

尋ね来し轟の滝は目の前の林の向ふつらなり落つる

友の声いづこか透る木の間より滝のひびきに混り乍らに

村人の言葉「万葉」の香りすと勇の詠みし猪野々を訪ひぬ

大正のロマンの香り今にして吉井勇の記念館訪ふ

豊かなる商家育ちの龍馬ゆえ海国日本の夢太からむ

旧特殊潜航艇基地（1）

大戦に真珠湾攻撃の任果し軍神となりし人等の写真
（伊方町）

帽深く眉根黒々語るなき二十歳《はたとせ》余るの若人《わかうど》九人
（写真）

一年余訓練つづけ開戦のいくばく前に発ちしとききぬ

原爆の投下にて終る大戦を歩みきし若き日が在るしかと

旧特殊潜航艇基地を訪ふ

土地人と親しみし二十歳《はたち》台の兵士らの遺書は墨痕淋漓とつづく

軍神の魂ひたぶるに征きまして戦の最後みそなはでこそ

遺書の最後に「世界平和を祈念す」とありて軍神ら平和を愛す

ノーベル平和賞受賞の佐藤栄作の字に成る九軍神慰霊碑建てり

過ぎ去りのしかとはありぬ九軍神武士《もののふ》の道の極みとなりて

いくばくか子規の気となり海辺《べり》に船を見て食す今出《いまず》蛸飯

旧特殊潜航艇基地（2）

大戦の敗れて終るも二度《ふたたび》の祖国を護る礎彼等（九軍神）

宿の子とトランプ遊びに興じしと九軍神をなつかしみ言ふ

岩佐隊長二十六歳読みなづむ程の漢字の墨痕清し
（遺書）

講和すべきチャンスに講和せざりしが物質なき日本の道にありしか

寒霞渓吟行

朝早に乗り込むバスは一日の幸せ秘めて車内ほがらに

寒霞渓を目指し真青な海を航く瀬戸の島影左右に分けて

抗脂肪と銘打つコブ茶もとめたり小豆島産の鮮しき色

足弱の吾がたどり来し寒霞渓吟行思ひ出の明るき一日《ひとひ》

壮絶に

唐突に全身癌の友と聞き独り旅なる闘病思ふ

抜けるほど白き顔にて紅をさすデスマスクなどを私にみせて

声太く背丈豊かな女史なればこの日の葬を誰も惜しみぬ

影絵「清治」の世界

凡て良きこの季に何の異常なる夜々を眠れぬ老いの体は

健やかになりし旧友に巡り会ひいつしか供し美術館めぐる

王なれば王の徴《しるし》の冠とて茨の冠イエスかぶりぬ

五十年前の自分をふと見たり四方鏡面影絵の世界

座敷雛は春たけなはの花景色添へて六畳二間の間口

春吟行「座敷雛」

白ばえのうねり眼下に見守りつゝバスすれ違ふ雛見に急ぐ

跡継ぎの家の長女を祝ふとて穴井《あない》の座敷雛は一日にて終ふ

富士山《とみず》の向《むか》つ山嶺のはきと見え続く瀬戸内霞にけむる

吾が通ひし小学校もはや無しと言ふに何故にか踵を返す

開会宣言

明日よりは乗らぬと決めしマイカーの古りしボディーの夏陽さびしむ

古しとて用済みとするマイカーの助け今より無きを寂しむ

はびこりしアロエの茂みに蜥蜴《とかげ》居てゆるりと逃げぬ吾が手をかはし

中国の大発展のすさまじさ貧困の差など秘むるといへど

蝦夷鹿が路辺に出でて目立つなく木の皮を食む阿寒湖あたり

大楠の葉末にひそむ雀子の群はこぼれて陽の中に舞ふ

船旅の心安かり赤色の毛氈に寝て聞く機関音

黄色めく赤きランプが暗闇に一つまぎれぬ阿賀港波止場

流麗の御字ひたすら蝶介師しのぶに余る過ぎし日の数

宇和盆地

ほとばしる程真実を歌に託す支社友《とも》らの顔は照りかげりして

充ち足りし微笑残すデスマスク友也師は今副碑に憩ふ

国立公園法華津峠を守らむか師碑の白墨鮮しく映ゆ

杉木立の間埋《あひ》めつくす苔蓆《こけむしろ》木洩陽の下に光り放てり

廃車して

マイカーを廃てて身一つぶらぶらと牛歩のごとく真陽の下歩く

昼長《た》けて歩きとどけし廃車届個人ですれば三百円なりき

ナンバーの無い車を廃車地へ「一分程運んだあんた道交法違反」と

唐突に夜の訪問者警官の色の服着て手帳は見せず

鳴門吟行

雲もなき空と海との蒼き中一途に通る鳴門大橋

海底に段差あるらし一線に潮は尺余を落ちて入りくる

蜂須賀氏十一支城の一つとふ岡崎城は三百本桜花《はな》を従ふ

折々を顔見せくるる孫のため家土産《つと》に買ふ焼酎一本

六人の歌友《とも》らとゆくに我ははや現在《いま》の常識知らぬ事多し

吾一人昔のままに暮し居り一人の最後如何ならむとも

今日は好し明日も好けれど数へ行く日々にて健康茶を取り替ふ

古里にて

「お世話になりました」いつもの声の電話来て君は三度目の癌と闘ふ

「実を取ってお呉れお呉れ」とピーマンの葉が招きをり雨後の畑に

古里の思い出

伊達家庭園天赦園の大池の鯉は餌を待つ真黒に群れて
（宇和島市にて）

日本ボーイスカウトの創立者二荒伯《ふたあらはく》の笑顔優しかりき
（同右）

二荒伯爵の南予会館に出でまして幼き吾らに笑顔なされし

瀬戸風が樹々を靡かせ吹き抜くる佐田岬《さだのみさき》に風車むれ立つ
（伊方町にて）

独り居

平成二十二年〜二十六年

原爆にて全身包帯ミイラの如き人立つをこの駅に見し彼の夏

広島の被爆の実体に触れしめし彼の駅もはや無人駅なり

ひどい目に逢へば逢ふ程燃え上るかの広島の故守備隊長の手記

立間《たちま》より歩いて帰る焼野ヶ原宇和島駅がぽつんと見えし

「おやお前生きていたのか」取り損ねし片足バッタ霜月に参上
（我家の庭に）

祖谷渓

頑丈なる鉄筋の橋の傍らに「かずら橋《はし》」は原型を今にとどめて

おしだまり列成し渡る「かずら橋」足元の隙に渓水の色

大き荷を背負ひ渡りしその昔の平家衆思ふ「かずら橋」の中程

メニエルに揺らぐ身なれど来たからに度胸据りて「かずら橋」渡る

祖谷平家落人

山襞の斜りを染むる紅葉樹真赤は櫨か黄色は楢か

大歩危の川の左右を埋めつくす結晶片岩斜めなす層

玻璃瓶の金の装飾色たりて彼の世の光を鈍くも湛ふ

死に行きし人等葬《とむら》ふ落人の声あふれしむ神仏の灯《あかり》

（平家屋敷）

平家八百年の歴史の中に栄華なりしは唯の七十年とパンフにも記す

春の醍醐寺

花盛る醍醐の御寺の襖絵に消えずまだ立つ五百年《いほとせ》の人

秀吉の好みし庭の亀島に緑深かり二本の姫小松は

醍醐帝、朱雀、村上の三帝の帰依なされしとふ秀麗な寺

理現大師が准胝《じゅんこ》、如意輪の両観音像を彫刻されて祖となされしと

塵一つなき苔の上太陽の光りに映ゆる鳥啼く間庭

南楽園

花咲くも散るも見飽きてと遺詠して死顔いとも安らけく逝く

（蒲池文雄氏）

子規を恋ふ一人にして停年後研究一途に歩み来たりし

（同右）

水無月の風にさゆらぐ緋紅葉が梢ふるはせて色を深むる

二十五万本の菖蒲の花の臙脂色日照雨《そばへ》のあとの露とどめざる

安定剤をやめたる身をば睡魔奴が突如出で来てバスにいたぶる

那智の滝

吾が友はノモンハン生き残りのナースにて今を生きつつ短歌を学ぶ

眩する程の暑さに佇めば岸辺に泳ぐ大鯉に会ふ

白白と山を真二つにわかつごと那智大滝は真直ぐに落つ

静けさを守りとなしてつづく瀞岩間にあかきいはつつじ咲く

「放浪記」二千回ちかき森光子眼の爛々と客席見上ぐ
（東京にて娘と観る）

法華津峠の師碑

一年の詫びを思ひつつ白苔や黒苔張りし師碑を仰ぎぬ

雲なしと言へども雲の果て遠き佐田の岬は今日も霞みぬ

勢ひよく筆ののた打つ形もて蝶介先師の御字なつかし

松山に支社を造りし礼心か父の名吾の名も許されて刻む

初に来し二男夫婦は碑を被る苔とるたはしを持たぬを口惜しむ

荒谷美奈子様逝く

いっぱいの花に飾られ旅立つと人変りする程痩せし彼女は

菖蒲眺《み》に無理にさそひて出でし日の写真の彼女の微笑まぶし

二十年間垣生の歌会に一番のりの彼女はいつも明るき声に

巻頭に夫君介護の短歌《うた》出でて辛《つら》き中にも嬉しかりしか

真剣にかつ淡々と歌にとり組まれし荒谷さんを心より慕ふ

長兄逝く

唐突に兄の訃報の届きたり九十六歳無病なりしが

「長山杯」とふ兄の名冠す賞ありてソフトテニスの振興に与す

葬に出る兄の写真の老い深し吾が知る影のかけらも見えず

東日本大震災

震度九体験も無き超大地震又後に来し津波すさまじと

堤防を砕き入りくる大津波まさに太平洋押さるる凄さ

百年目にあらず千年目の大津波　東北地方の運命《さだめ》かあゝこれ

思ひ出を綴りし少女の生活を「随筆」となして蒲池恵美子逝く

「今からはしたかった事します」と言ふ姪を励まし上京を送る

黙禱の旅

黙禱を捧げてやをら薪能火の粉きようにはじけ始むる

「羽衣」の天女のつけし冠の飾りきらりと薪火に光る

墓前にて四人が唱ふ返りくる木霊もあらぬ「荒城の月」
（志摩高生氏の墓前）

「風」一字彫りし墓石を囲みつつ師の居まさぬをしかと受け止む

簞笥

仕舞ひおく姑の嫁入りの簞笥ダスト車に破らるる音の木霊《こだま》す
（県教育長賞）

凝り性の着物をいまだ納めたる嫁入りダンスの衣装を出だす

樟脳の袋二杯を投入し今年も衣類を保たむとする

姑が着て居りしと思ふ何枚かあとは知らざりし父の衣ばかり

石鎚天狗岳吟行

晴れ上る空を頼みて石鎚《いしづち》山へ松山支社の吟行会はづむ

面河川の水の透明のぞかせて黄葉の山音なくつづく

三十度の鋭角に空突きあぐる天狗岳今日は半ばをかくす

雲あるも瞬時姿を顕すと下るまで未だ諦めがたし

暴風より道後平野を護るこの天狗岳いま厳《いつ》かしく聳《た》つ

歌友山本泰子様を悼む

日曜日の歌会に笑みて話したる歌友《とも》二日後に逝くとの電話

忽然と吾等をおきて逝きませる歌友《とも》の笑顔のたちて離れず

「気持よい風呂でうっかり眠《ね》てゐたの」と話されゐしが思ひ出されて

欠席の無き君なれば月毎に病ひ良けれと祈りつづけぬ

真先に笑顔となりて歌評さるる月例会の君を忘れず

独り居

蕾一つ紅く着けたる庭椿帰郷の息子と植ゑかへ終へぬ

後姿のまだたのもしく思はれて六十過ぎし息子をば見送る

貸切りの小型バスにて硝子窓《ガラスど》をハリハリ打たせ雨の中走《ゆ》く

（吟行会法華津峠）

トンネルに次ぐトンネルを大洲まで霧にかくるる山並みを見ず

東屋《あづまや》の六角の屋根に桜散り峠の平地《なるち》日照雨《そばへ》はなやぐ

新しき家庭婦人を目ざしたる「羽仁もと子」女史に心酔したり

（母）

現《うつつ》にも母が選びし師碑の地は国立公園人も稀なる

春吟行会

建て給ふ母を憶ひて古りにける師歌碑の前に友等と佇つも

老い果ててしどろもどろに登りゆく城山かつて遊びし昔

（宇和島城）

微笑の絶ゆるなき母は小軀にて常に和服をきちと着給ひし

雨降れば父の遺しし墓碑の文字彫りに雫は溜りつつあり

雨多き日

義弟らの死にし満州を今一度訪ふてみたしと老いふかめゆく

「ああしんど」と必ず言ひて笑ひたる友なりき同郷の二年上なりき

（故山本泰子様）

行き逢ひし故郷の友等未だ在りて学ぶ「吾妹」の短歌会ある

ドアノブの色に等しきカマキリがじっと動かず我を待ち居る

すだれして朝日除けつつ皐月《さつき》観る淡きピンクの十輪優し

街の灯に赤く染みたる満天にきらめく星のしきり流るる

東雲《しののめ》の空わけ出づる赤き陽に八十路独居の日の幸祈る

肱川の鵜飼ひ

老女らの杖つき向かふ目出度さか大洲肱川の鵜飼見物

船べりに鵜の十羽程曳かれきて鳴く声高く水かづきゆく

鵜匠らの手捌きに鵜らは潜りつつ姿うつして水中を泳《ゆ》く

大洲城の天守閣早ま近なれ鵜らは曳かれて遠ざかりゆく

観光の船にはさまれ水くぐる鵜らのしぶきにシャッターを切る

ひと年過ぐる

「夕暮」の短歌読みつつ思ひ出のいくつか顕ちて一人目つむる

新薬は尊かりけり友の身を守りつづけて遂にかなはず

大洋を流れ流れて寄せ来しとカナダに東北大震災の残骸

生垣をしっかり結び形よくなして息子は大阪へ帰る

父在りし時

父在りし時の居場所に坐し見れば窓の向かふに石鎚《いしづち》山が見ゆ

白銀の砂子と紛ふ星まつり間無く光るは流星の光《かげ》か

訪へば亡母《はは》そっくりの笑顔して吾を見つつに老姉《あね》毛糸編む

約束の十年を四年残しつつ癌友《とも》は逝きたり微笑みながら
（山本泰子氏）

掌《たな》ごころ上に向けたり握られぬ掌のまま義妹は眼つむりて逝く
（蒲池恵美子八十四歳にて逝く）

明け暮れ

結ばれて自ら僧となりし孫《こ》が覚えし経を祖《そ》に上げに来る

片付かぬ夜半のテーブル少し丈真中を明けて明日につなげる

子を授け未熟な我の生き様を助け呉れたる亡夫《ひと》を愛しむ
（平成二年に逝く）

三年前友に貰ひし寒椿今年ひっそり花をつけたり

漸々に立っちが出来る曾孫なり並より少し背が高く見ゆ

法安寺牡丹吟行会

瀬戸内の長《をさ》の一人か「長山」の姓を同じに吾も生れしぞ

緋牡丹の大気に映えて咲き盛る四月半ばの御寺訪ひゆく

真四角の灯籠五段積まれたり遠き辺りも灯り見えしか

石鎚《いしづち》山のはるかに眺《み》ゆる平日の今日は見えぬと山霧の降る

盛夏の日々

夫逝きて我の逝く日はいつならむ三十九度の暑き日を座す

竹の葉の落ちしく道を掃きゆけば齢《よはひ》が程の弱き音立つ

九十四歳の姉をさそひて父母の墓訪ふ今日のあるを是とせむ

老姉妹二人し今日を故里の墓参りする孫の車に

孫の嫁《よめ》喜々と従《つ》きくる宇和島は初めてですと松山生まれ

入院の春夜を独り喋りゐし老の眠りて朝の明けゆく

終焉の日を

秋づきて濃緑の葉の陰ごとにまぎれもあらぬ蜜柑の鈴成り

音もなく南の空を動きゆくあれは空軍の何と言ふ機ぞ

師の歌集「白鳥座」こそいまだ手の届かぬ遠き星のかしこさ

十月に入りて咲きつぐ朝顔の茎にすがりし柔き花辨

秋祭りの声遠ひびく一日を独りの御師しのび居にけり

三月号「吾妹子」創刊号

逝く秋

二千十三年秋の終りの真昼なり和恵先生急逝の電

和恵師の優しきお声いたはしも地方歌会の我ら素気なかりき

あらたなる「吾妹子」発つと折からの声を聞きつゝ逝きまししかは

三代の矜持か遂に和恵氏逝き滅びむとして又立ちあがる

悲しげな顔にはあらず息きれしそのままの影睫毛《まつげ》にのこる

早春の故里

雨雲を紅《べに》の明かきに染め変へて此処はいづこぞ夜に音もなき

如意林寺川原漕ぎ出て下りゆけば舩川股ぐ国道白し

立春の豆撒きもせず八十八米寿と言ふにぼちぼちと生く

祖国背に戦ふスポーツ選手らの地元応援声をしぼりて

坂本龍馬脱藩の道を訪ねて

遠き日に土佐脱藩をやり遂げし坂本龍馬の行きし通訪ふ

岩を砕き苔蒸す松の痛々し屋根付き橋の前に位置して

四国にも珍しと言ふ屋根付き橋今も残りて昔を語る

己が夢新時代のあけぼのの開けつつ逝きし龍馬を偲ぶ

龍馬をば偲びて走る「脱藩リレー」この山里に人等集ひて

米寿のクラス会

少女期の吾にもどりて乗り込めば友ら一両目の席に並み居り

ひと刻《とき》を少女に戻る心地して老を忘るる旅に出でゆく

岡山に宇高女米寿同窓会集ふ友らの眼《まみ》のさやけさ

明日よりは又孤りして草を抜きテレビを友の我等ならむか

思はざりし一日の疲れ今日ありし有り難さもて電車に揺らるる

紅葉なす四国連山見はるかす墓地を買ひたり亡夫を抱きつゝ

吾木香より

「吾木香」は松山支社歌友を中心に平成三年から二十三年まで不定期に発刊された短歌誌。

晩歌

地に動くすべての物が平板に音なく見ゆる夫死してより

夫逝くを秘めつつ見舞ふ老耄の姑の手取れば涙にじみく

握り合ふ掌の力の日に弱り遂に動かぬ掌を握りしむ

朝とれのあぎとふ魚をときに食べ河口に住まふにぎはひとする

見つからぬ老眼鏡《めがね》を探す一日なりわが持つ時間をむなしく使ふ

奥伊予

天界の光のぞかす一つ穴か十六夜月に逝きし名呼《さけ》ぶ

真蒼なる鳥羽の入江の底照りに真珠養殖ブイ点々と

ざくざくと銀貨を瓶《かめ》に充たしゆくテレビクイズを消して一人居

石仏の旅

穏やかに碧く裾引く由布岳の枯色の山頂雪を抱けり

赤茶けし石の仁王は怒り居り口に秘めたる八百年《やほとせ》の闇

佐田の岬全容現るる

走りゆく列車より我が生れし家の障子の白さ消ゆるまで追ふ

若き父の初校長に赴任しし我が生れし里七十路に訪ふ

火伏の神の輿をゆさぶり階昇る男らと鬼らの揉む秋葉祭
（土佐山里に訪ふ）

万里の長城

北朝鮮《ほくせん》に日本海見し少女期の旅の記憶はなべて紺青
（満州国鞍山高女の修学旅行）

痩せたるが目にちらつきて眠れぬと姑《はは》の便りに夫食を増す
（昭和二十一年復員した夫と結婚した頃）

死ぬる気で食ふと言ふ夫は正しけれ食糧事情なほ悪き頃

眠りつつ勉強しつつ日々励む孫《こ》はボーナスを初に頂く

後継ぐと地元就職決めし孫《こ》が帰省の駅にのびのびと立つ

日・タイ国際交流短歌大会（十一月十七日）

バンコック行きにやうやう間に合ひし足骨折の治癒ありがたし

シリントーン王女に捧ぐる色紙とふ「日本」の文字の墨痕冴ゆる

金色に輝く寺院建築に人種さまざまうづ巻き巡る
（エメラルド寺院）

遠来の歌友を迎ふ

「これが最後」と宣らす町野先生囲みつつ皆口々に励まし申す
（松山大会にて、十七年一月に先生逝去さる）

一月に突然死せし河野和子、真心に吾を支へ呉れし人
（十六年一月逝去）

人麻呂の呟きならむ沙彌島《さみしま》の碑の礎を洗ふ瀬戸のさざ波

暗闇のまほらに浮ける大輪の花火束の間生命《いのち》のかぎり

狂信の人ら日ごとに死に向ひイラク戦争地球に暗し

旧特殊潜航艇訓練基地

顔見ゆるまで降り来たるグラマンに撃たれで生きし学友《とも》も老い逝く

（故河野和子さん）

谷深き中より友の声のして我呼ぶらしき姿もみえず
（土佐の轟の滝）

頑に我を背負ふと言ひ呉るる息子《こ》の生真面目な亡父《つま》に似し顔
（同右）

穴井村の座敷雛

幼日を遊び惚けし穴井村八十路を過ぎて雛を見に訪ふ

誰一人知る人もなき古里の白壁づくりに立つ影淡し

鉄棒より落ちて背を打ち山道を走りて倒《こ》けし御転婆の児われ

安らかに我が遊びし場所いづこ穴井村はや何代か過ぐ

ゆくりなく訪ひし古里穴井村宝の如き幼日いづこ

はらから

故里の子規を愛して逝く義弟功労賞をその息子《こ》が受くる

（喜田重行）

売茶流流祖は老いの顔細く楽しげに木像となりて坐します
（新春茶会）

地球といふ星に住みたる人類の天変地異を如何に統べんや
（東日本大震災起こる）

千年目プレートのずれ直さむと起こる震動の大津波すさまじ

『佐田の大岬』発刊によせて

伯母の家に行くときには、玄関ではなく、明るい南の庭に面した障子を開けて声をかける。日当たりのよい座敷でいつも歌の仕事をしている伯母は、すぐに原稿を片付けてお茶を入れてくれる。

土居さと氏と私は、義理の伯母と姪としてだけでなく、庭を接した松山の実家のお隣さんとしても深く関わって来た。歌詠みの多い家系に生まれながら、英文学を大学で教えていて短歌には詳しくない私にとって、伯母は唯一の身近な実作者である。

還暦に近づいてから車の免許を取った伯母は、自分ですいすいと車を運転しながら、様々な地方に出かけては歌を詠んできた。私も遅ればせながら伯母を見習い、おそるおそる車に乗り始めたところだ。伯母のバイタリティーと進取の気性、歌に対するあくなき愛はとても私などの追いつけるレベルのものではないが、常日頃から少しでも近づけたらと思っている。

昨年の夏、伯母は心筋梗塞で一時人事不省に陥った。駆けつけた私たちが、もう助からないかもしれない、と覚悟を固めかけたとき、伯母はぱっちりと目を見開いてこう言った――「生命体がよみがえりました」。

奇跡的な回復もさることながら、自分の生死をも客観視できる、この精神力には脱帽。病室には明るい笑い声が満ち、その後も目をみはる回復力で、ＩＣユニットから普通病室へ、そして自宅へと戻って行った。

病気がちな私は、ともすれば病に心が折れてしまいそうになるのだが、伯母のすべてに対してポジティヴな態度は、人生の先達からの一番の贈り物だと思う。この積極性は、「生きる」ことへの、そして歌を詠むことへの無条件の愛情に深く結びついているに違いない。

世に言う舅、姑そして夫の介護は、色々なつとめの中でも一番大変なものではないかと忖度するが、伯母から介護の愚痴を聞いたことは一度もなかった。それどころか、介護の体験は次のような生き生きとした歌の題材となっている。

山茶花の紅にはなやぐつごもりの陽は温々と老姑《はは》を養ふ

白髪の我を呼びをり「おばあさん」老姑《はは》は名前を忘れ果てたり

長い間隣の家で暮らした私の母が亡くなったときも、伯母は優しい歌を霊前に捧げてくれた。

アロハ葬弥生に逝きし義妹の華となりつつかの世に還へる

たとえつらい体験でも、すべては歌へと昇華される――歌人としての伯母の生き方の素晴らしさはそこにあるのではないだろうか。

三人の立派なお子さんと八人のお孫さん、そしてひ孫まで三代の子孫に恵まれた末広がりの一家のかなめとしての幸せな生活も、おそらくそこにしっかり支えられて来たのだろう。お子さんたちとは折にふれて家族のようにお付き合いさせて頂いている。両親と兄を亡くしている私にとって、実に心強い絆だ。

「吾妹」や年始めのカレンダーで親しんできた伯母の歌の数々が、このたび第二歌集としてまとめられると聞き、ご出版を心からお祝いしたい。日本文化を学びに世界中から立教大学に集まってくる外国人学生たちにも、授業の中でこの歌集を紹介し、三十一文字に込められた日本の魂の真髄に触れてもらおうと思っている。

どうか伯母様、お体を大切にして、これからも末永く歌を詠み続けて下さい。そして、ともすれば仕事や人間関係の重みに音を上げがちな私たちに、歌と人生の楽しさ、素晴らしさをずっと教え続けて下さい。

平成二十七年五月二十五日

蒲池美鶴

母と短歌

毛糸の帽子を被り練炭火鉢の前に座り鉛筆を手に真剣な顔でノートに歌を書く母。幼い私の記憶にある姿です。昭和五十九年に結婚してから横浜に住んで三十年、毎月「吾妹」が我家にも送られてくる。真っ先に目次を開き母の短歌を探して読む。旅先で詠んだ歌が多いが舅、姑、父の介護や日常の生活の中で感じたことが細やかに表現され楽しく読ませてもらっていた。平成二年に父が亡くなり一人暮らしになってからは、母の元気さのバロメーターの役目となった。毎年東京である全国短歌大会には我家に滞在し旅行やお芝居、美術館歌友の墓参等母の希望であちこち行ったことも懐かしい思い出である。

「私は身体が弱いの」が口癖の母だが、その割には丈夫である。七十代で軽い脳梗塞を発症した時も入院を勧められると自ら運転して自宅へ荷物を取りに帰りその足で入院した。そんな気丈な母も昨夏の心筋梗塞の発作からは少しずつ衰えが目立ってきた。

「もう一冊、短歌の本を出したら？」と言う私の発案に急に元気になり意欲的になったのも短歌の力だと思う。今も吟行会の計画や歌会のとりまとめに精力的に活動している母のバイタリティーには感服している。

松山へＵターンした後は吾妹松山支社を作り歌友を集め勉強会を開き熱心に短歌のために打ち込んできた母の数多い受賞作の中から、思い入れのある作品を紹介したい。

じんじんと南風《まじ》吹く海に霧晴れて全容見す佐田の大岬

（平成十一年県民総合文化祭短歌大会入賞）

支那海に黄の裳ひろげし長江の吐水の果なほ青にまぎれず

（平成十五年松山短歌大会市長賞）

明日よりは乗らぬと決めしマイカーの古りしボディーの夏陽かなしむ

（平成二十二年子規顕彰全国短歌大会入選）

仕舞ひおく姑の嫁入りの間箪子ダスト車に破らるる音のこだます
（平成二十四年県民総合文化祭短歌大会教育長賞）

「もっと良い短歌を作って、あと五年後にもう一冊本を出します」と電話口で叫ぶ母。本当にエネルギッシュな人である。三人の子供、夫、義両親、歌友、世の中の森羅万象にあふれる愛情を注ぎ短歌を作っている母。出来の悪い私は若い頃心配を掛けた罪滅ぼしとして母の歌集刊行を手伝えたことを嬉しく思っている。素晴らしい文章を寄せてくれた従姉妹の蒲池美鶴、適確なアドバイスを下さった東京四季出版の西井洋子様に感謝申し上げます。

岡田敏子

平成二十七年六月十六日

あとがき

短歌誌「吾妹」入会から六十年が過ぎようとしている。創始者の生田蝶介先生、御子息友也師、和江夫人、皆鬼籍に入られ私も米寿である。第一歌集『法華津峠』出版から三十年、日々の生活を詠んだ歌ばかりだが、どの歌も私の分身として愛情を込めて作ってきた。（昨夏、病に倒れ生死の境をさ迷いようやく生還してからは体調もすぐれぬ日々だったが短歌だけは続けたいと思っている）

この度の『佐田の大岬』発刊に当たっては娘の敏子が私に代って作業をしてくれている。老齢の身には本当に有難い助けと感謝している。『佐田の大岬』は生田蝶介師の第八歌碑として私の両親が法華津峠に建立した碑の歌

雲なしと言へども雲の果て遠く佐田大岬空を貫く

から頂いた題名である。

松山へ帰郷後、先生の歌碑の隣りに記念にと亡き夫匡一が副碑を建立してくれた。両親、夫、子供達、多くの歌友に見守られ短歌を続けられた私は大変な幸福者である。

温かい文章を寄せてくれた姪の蒲池美鶴（立教大学文学部教授）、東京四季出版の西井洋子氏、松尾正光会長、お世話になりありがとうございました。

「吾妹子」の秋葉雄愛会長には帯文をいただきました。感謝いたします。

この歌集を、今は亡き夫匡一と残された家族、そして娘敏子へ捧げたいと思います。

土居さと

平成二十七年七月十日

著者略歴

土居さと（どい・さと）

昭和2年3月5日生まれ
昭和18年　旧制高等女学校卒業
昭和21年　土居匡一と結婚
昭和30年　短歌誌「吾妹」入会、関西支社
昭和34年　歌人クラブ入会
昭和55年　郷里の松山へ帰る
昭和58年　「吾妹」松山支社設立
昭和62年　第一歌集『法華津峠』出版

現在　「吾妹子」同人、愛媛歌人クラブ

現住所　〒791-8044　愛媛県松山市西垣生町1229-3

歌集　佐田の大岬《さだのおほさき》

発行　平成二十七年八月三十一日
著者　土居さと　©S.Doi
発行人　西井洋子
発行所　株式会社東京四季出版
〒一八九-〇〇一三
東京都東村山市栄町二-二二-二八
電話　〇四二-三九九-二一八〇
振替　〇〇一九〇-三-九三八三五
印刷　株式会社シナノ
定価　本体三〇〇〇円＋税
ISBN978-4-8129-0880-8